I0550687

*E 1847 pièce

ADVERTISSEMENT.

AU ROY TRES-CHRESTIEN.

92

à Francheuille.

L'an M. DC. XXV.

(1)

ADVERTISSEMENT
AV ROY TRESCHRE-STIEN,
ADVERTISSE-MENT.

SIRE,

Le Zele passionné que i'ay tousiours eu à vostre seruice m'a poussé à prendre la hardiesse de vous emboucher pour le bien de vostre Ma^té, & de celuy de vostre Royaume, quoy que [illegible] mais trois puissantes raisons m'ont fait rompre tel dessein, [illegible] a celuy que i'auois [illegible] pour vous [illegible].

Vostre grandeur se presentant pour la premiere, [illegible] vn soleil forcent mille rayons [illegible] qui [illegible] les yeux des plus clairuoians leur rendans l'accez [illegible] impossible [illegible] moins accessible. La seconde qui m'a retenu de mettre vn dessein [illegible] en execution est le pouuoir & authorité de vos Ministres, lesquels par leur multitude & puissante grandeur [illegible] a l'instant mesme le conseil d'vne personne qui ne leur est comparée en credit auprés de vostre Maiesté, il est tout clair & publique qu'ils n'ont autre but ny intention que de pescher dans l'eau trouble, pour en faire leur profit particulier negligeans celuy de [illegible] complaire au Roy seul luy monstrant les moiens de conseruer les Estats & la Couronne en vn entier, ce seroit desplaire à vn grand nombre de personnes qui ne desirent que d'en voir la dissolution pour leurs progrés inqureste. En quoy l'on ne pouuroit [illegible] [illegible] vne opposition [illegible] violent [illegible] dans vn ocean de malheurs [illegible] y admis.

La troisiesme [illegible] point d'efficace pour me faire changer de resolution, & me diuertir d'vn si bon propos, attendu que i'estois venu à propos [illegible] la guerre est [illegible] auec vn bon [illegible], que tout semble luy vostre puissance, & le courage [illegible] reputé Antipode de raison & pis que enuieux du [illegible] des armes de vostre Majesté, [illegible] le [illegible] danger que ie vois [illegible] à son Royaume tressemblant ce pouuoit tout ombrage, dissipe toute crainte, & me fait poser totalement les apprehensions que i'auois [illegible] pour les causes susdites. Car [illegible] sur vos subiects qui par

A 2

ADVERTISSEMENT AU ROY TRESCHRESTIEN.

SIRE

Le Zele passioné que i'ay tousiours eu a vostre seruice me poussoit de prẽdre la hardiesse de vous emboucher pour le bien de vostre Ma.té, & de celuy de vostre Royaume quant & quant, mais trois puissantes mains m'ont fait rompre tel dessein, mais non l'affection ny l'obeyssance que ie luy doibs comme a celuy que Dieu m'a voulu ordonner pour superieur.

Vostre grandeur se presentant pour la premiere, de laquelle comme d'vn soleil sortent mille rayons maiestueux qui font esblouyr les yeux des plus clairuoians leur rendans l'accez si non impossible a tout le moins tresdifficile. La seconde qui m'a retenu de mettre vn desir si louable en execution, est le pouuoir & authorité de voz Ministres, lesquelz par leur multitude & puissante grandeur estoufferoient & bouleuerseroient a l'instant mesme le conseil d'vne personne qui ne leur est a comparer en credit aupres de vostre Maiesté, il est tout clair & publicque qu'ilz n'ont autre but ny intention que de pescher dans l'eau trouble, pour en faire leur proffit particulier negligeans celuy de leur Maistre, de vouloir doncques complaire au Roy seul luy monstrant les moiens de conseruer ses Estats & sa Couronne en vn entier, ce seroit desplaire a vn grand nombre de personnes qui ne desirent que d'en voir la dissolution pour leurs propres interestz. En quoy l'on me pourroit à bonne raison iuger temeraire si i'entreprenois vn'opposition debile contre vn si violent torrent de contradictions, pour me plonger dans vn oceane de malheurs sans que mes efforts ayent esté aucunement vtilz ny admis.

La troisiesme n'a pas eu moins d'efficace pour me faire changer de resolution, & me diuertir d'vn si bon propos, estant que si ie venois a proposer vne paix la ou non seulement la guerre est conclue mais desia auec vn bon heur martial si aduancée, que tout semble fuyr vostre puissance, & le coustelat teinct au sang de tant de personnes; ie serois reputé Antipode de raison & pis qu'enuieux de l'heureux succez des armes de vostre Majesté; Neantmoins le serain d'Icelle m'attire d'vn costé, de l'autre le danger que ie vois imminer a son Royaulme tresflorissant repousse tout ombrage, dissipe toute crainte, & me fait poser totalement les apprehensions qui m'estoient suruenues pour les causes susd.tes; Car il ny a personne d'entre tous vos subiects qui par experience propre ne confesse vostre affection enuers iceux estre paternelle, & esgale enuers tous, estant accompagnée d'vne singuliere & royale bienueillance, en quoy vostre Majesté se conforme a celle de Dieu, lequel en nulles de ses actions fait plus paroistre sa Deité qu'en prestant benignement l'oreille à ceux qui le recherchent aux choses qui sont de raison. I'appelle donc de vous mesme en vous mesme, opposant à vostre Majesté vostre clemence & debonnaireté (ornement d'Icelle) qui vous rendent aymable à tous, voire a voz ennemys, ainsy que combattant soubz leur abry ie viendray facilement a bout contre mes opposans par ce que ie sçay que vous n'auez rien de plus cher que l'honneur de la vertu, qui vous a acquis le nom immortel de IVSTE & que toute la puissance de vos subiectz est en la main de Dieu & la vostre, ce qui me donne l'asseurance de persister en mon entreprinse, encores que tout soit en arme & alarme, & me fait prendre courage de vous persuader vne bone paix, pour revoir en sa premiere vigeur nostre pauvre France qui s'en va estre ternie voire presque consommée par la continuation de tant de chaleurs martiales; l'on n'est pas si eschauffé d'vne part & d'autre que l'on ne puisse bien aysement se remettre par quelque entremise, & se reunir par vn bon accord, autre que de chasque costé l'esperance, la crainte, & le danger sont communs, la cholere qui auoit mis en vn instant l'espée au poing se vient a appaiser par la consideration du bien d'vne bonne paix, & par l'apprehension d'vne Iliade de maux irreparables qui pour le plus ordinaire s'ensuiuent; mieux vaut donc se retirer en chose doubteuse auec honneur, que de perdre auec vn regret indicible le courage en la poursuitte; Encor bien que vostre grandeur surpasse tout autre, vous n'estez pas pour tout cela exempt de faillir, vostre puissance s'estend bien sur vos subiects mais non sur vos esgaux, le peril auquel vostre conseil vous a fourré est extreme, gardez en fin d'estre la iouete de fortune, car pendant que cette guerre durera vous estes le blanc apres lequel toute sorte d'Infortunes mirent; vous ne sçauez l'arrest du Parlement de la prouidence Diuine, duquel toutes nos actions ont leur ressort, autant vous en pend aux yeux comme a vos ennemys. C'est vne chose mal seante & pleine de honte quand les conseilz des grands viennent a mal reussir, produisans des effects tragicques & deplorables, ce qui arriue presque tousiours qu'en gauchant de la Iustice l'on vienne a se roidir par vn ie ne sçay quel respect, pour arracher la vray Religion, & planter l'heresie a la deffence d'vne rebellion. Et Encores bien qu'il semble que le vent de fortune donne en pouppe, en vn instant la bourasque arriue qui accable telz gens au plus profond gouffre d'vne mer d'encombre & tristesse. Or que la guerre que vous auez entreprise par le cageolement de voz Conseillers soit telle c'est la voix la plus commune de vostre Royaulme, qui s'estonne grandement comme vostre equité s'est laissee flechir a semblables piperies. Et qu'ainsy soit, ie m'en va vous le faire toucher au doibt auec l'ayde de Dieu, sans

sans fard ny masque & a l'ancienne Gauloise, pour apporter soulagement a noz iustes plaintes: car ie les addresserois en vain aux autres, si ie les cachois a celuy qui seul y peut apporter le remede conuenable, le pretexte soubs lequel vos Conseillers ont voulu celer la verité a sa Sainteté concernant les affaires de la valtoline, & le restablissement du Palatin aux terres qu'il pretend, fait voir aux aueugles l'iniquité des confederations faittes auec les Caluinistes; C'estoit proprement se couurir d'un sac mouillé, voulant tenir en cachette ce qui est tout manifeste, & vouloir appaiser sa conscience se iouant auec Dieu, & mesprisant sa toute puissance, lequel du Throsne Royal de sa Iustice vous denonce le mesme qu'au Roy Iosaphat par son Prophete Hananie 2. paral. c. 19. v. 2. *Iehu filz d'Ananie, le Prophete vient au deuant de luy et luy dit, N'as tu point voulu ayder a un meschant, & t'es ioint en amitie à ceux qui hayent le seigneur, & pour ce descendoit sur toy l'ire du seigneur: mais bonnes choses ont esté trouuées en toy, pour ce que tu as disposé ton cœur pour requerir Dieu*, & au 2. liu. des chrō. c. 20. v. 35. *Apres ces choses icy Iosaphat Roy de Iuda fit amitie auec Ochozias Roy d'Israël, lequel s'adonna a malfaire, & s'accompagna auec luy a faire des nauires pour aller en Tharsis, & firent les nauires en Aziongaber. Adoncques Eliezer filz de Dadana, de Maresa Prophetiza à Iosaphat disant: Pource que tu t'es adioint auec Ochozias, le seigneur a rompu tes œuures, & les nauires furent desbrisées, & ne peurent aller en Tharsis.*

Il seroit besoin d'un Iosue pour aggrandir le iour affin de pouuoir raconter les peines horribles que Dieu iadis fouldroia sur son peuple tant chery, mettant leurs Roys & Princes a mort pour auoir fait alliance auec les Palestins, Syriens, & Ægyptiens &c. la quelle il vouloit estre totalement rompue & abolie: car en telles confederations l'honneur de Dieu y est griefuement interessé, par ce que nous faisons partie contre luy, voulant seconder ses ennemis, les assistant en leurs mauuaises volontez qui est directemēt luy obuier, & vouloir perdre son S. Eglise, ie diray pas combien les bonnes mœurs se corrompent par le commerce frequent que l'on a auec telles gens, qui est auec le loup apprend a hurler, & les sacs du charbonier se noircissent les vns les autres. SIRE gardez la vengeance de ce iuste Iuge, & vous desambarassez des pieges aux quelz vous ont mis voz Ministres: imitez ce S. & vaillant Roy Iosaphat retranchant les alliances faittes a vostre preiudice, qui l'auez voulu suiure en les faisant, & craignez que cette amitie ne vous fasse perdre vostre Royaulme, l'ame, le Paradis, & Dieu mesme, Qui ne scait que l'Anglois chef & aucteur de cette ligue est le plus grand ennemy des Chrestiens Catholicques qui soit en toute l'Europe, lequel dez son berceau a commencé a rougir son glaiue au sang de tant de Martyres auec felonnie plusque barbare? combien de fois a il tasché d'inuahir vostre Couronne, & de fait il s'attribue le tiltre qui vous est deub, Comme osez vous donc vous fier a celuy qui a fauoriz soubs main & iusques a present les Huguenots de France voz ennemis? il fait preuue euidente de l'affection qu'il porte a la Religion Catholicque,

en ce

en ce qu'iamais il n'a eu plus grand mignons, que les bourreaux qui ont miserablement fait mourir son innocente Mere, leur conferant les premiers estatz de sa Cour. Admirez ie vous prie icy l'impieté Brasilienne en vn qui se dit Chrestien, l'esbatement duquel & plaisir iournalier estoit, O Horreur! de blaspheme Dieu. Les Hollandois qui vous conseillent en cette vostre confederation ce sont eux qui ont tousiours tenu main & aduancé les rebellions faittes en vostre Royaulme, n'estant que vrays escumeurs de mer, Asyle des perfides, & scelerats, aupres des quelz il n'y a nul crime pendable que la vray religion. Comme diray ie sans rougir, que l'on ayt sollicité & viuement recherché l'ennemy iuré des Chrestiens en vniuersel pour se ioindre en cette belle ligue, & son seruiteur B. Gabor vray Polymnestor en toute desloyauté, lequel outre les prieres a esté corrompu par bonne somme d'argent que vos conseillers luy ont fait deliurer, à intention de ruiner les terres imperiales auec effusion de sang de tant d'Innocens, Que diray ie de la conuocation des Roys septentrionnaux auec leur peuple barbare remply de toute sorcelleries & impietez ? a quel propos ont ilz appellé le Roy de Suede ? ce sera sans doubte pour enseigner vos Princes a rebeller contre vostre Maiesté, comme il a fait contre Sigismond Roy de Suecie & de Pologne. Ie passeray soubz silence les Venetiens qui se laissent emporter par la plus forte partie du Senat, i'entends la pire, car ceste Republicque n'est pas telle qu'il y ait plus de bons que d'autres, qui a la libertine ont fort peu de religion, ou point du tout, ressentans l'airain d'Atheisme, lesquelz auec fraudes, promesses, finesses & argent ont induit vos Conseillers de faire guerre a l'entiere ruyne du Pays pour leur proffit, & en leur sac. Quoy sera il ainsy que le Roy Treschrestien & filz aisné de l'Eglise, Nepueu de tant de SS. Roys, le Protecteur & Propagateur de la Religion en son ieune age, l'exemple de la Iustice, pillier & ornement de toute pieté, soit le Chef, le Coriphée des impies & ait son throsne entre les ennemis iurez de Dieu, & de son S. Eglise ? Qu'vn Roy Treschrestien consente a leurs iniustes decretz ? voire qu'il s'y soubsigne ? que son peuple soit opprimé des tributs & tailles, les Eglises & le Clergé appauuris, la Noblesse tourmentée, les villes & citez florissantes reduittes en extreme necessité ? que le peuple soit contrainct de mourir de faim, pour maintenir & entretenir vne si abominable confederation ? N'est ce pas perdre & ruyner la France de donner par an aux Hollandois six centz milz escus, au Palatin beaucoup dauantage, & deux centz milz a Gabur, & encore plus grande somme aux Baschas des Turcs, entretenir vn armée aux Grisons ? vn autre pour combattre Gennes ? ne pensez vous pas vous autres Mess. les Ministres, qui donnez telz conseilz que Dieu vous mire de l'œil de sa iuste vengeance, vos rusés luy estās descouuertes auant que les ayez tant seulemēt pensées ? d'asseurer le Roy que l'infallible assistance Diuine depende de cette confederation, c'est le tromper vne fois & demy. Considerons s'il vous plaist les chefz des armées dont es dont ſe ſert cette belle ligue ; Le Conneſtable eſt le premier, lequel ne ſe pouuant ſaouler en France du ſang de Catholicques, eſt allé remplir ſon deſir en Italie. Nos François, & entre autres vne bonne partie de la Nobleſſe ont eſté ſi aueuglez que de s'eſtimer heureux, lors que l'on leur a ordonné Mansfeld pour les commander, lequel neantmoins eſt cogneu d'vn chacun pour baſtard, periure, trompeur, fugitif, coüard, & doüé de mille autres ſemblables qualitez, n'ayant perſonne de ſi peruers au monde qui le puiſſe ſurmonter en meſchanceté. Le Brunſchvvic eſt preſque de meſme calibre, & ennemy hereditaire de la France, qui aux coins de monnoyes qu'il a fait battre ſe declare perſecuteur des Catholicques, & qui eſt reputé de tous ceux de ſa cognoiſſance, pour homme ſans Dieu, ſans foy, ny loy, traiſtre de ſes propres ſoldats auant le combat, & au combat fuyard plus qu'vn lieure. Les Naſſouiens ſont de meſme eſtoffe, l'vn deſquelz eſt deſia grieufuement puny, l'autre n'en perd que l'attente veu qu'il eſt beaucoup plus cruel que ſon predeceſſeur, oſeur de toute verité, et l'eſcume de Venus. Eſt il poſſible je vous prie d'auoir part a quelque bon heur ſoubs telz gouuernemens ? ou bien que leur crimes & enormitez puiſſent proffiter pour nuire aux autres ? D'vne telle pepiniere il n'en peut ſortir qu'vn feu qui embraſera toute la France, ſi nous ne retrenchons incontinant cette accointance tant pernicieuſe. Ce conſeil ne prouient aucunement de Dieu, partant n'en attendez qu'vne diſſipation, n'eſtant forgé que ſus l'enclume infernal, auec vn aſtuce qui ſe fait croire qu'elle ſurpaſſe les Megeres infernales en fineſſe, mais contre leur opinion elle retournera là ou elle a eſté aiguiſée, comme nous le fait entendre l'Eſprit Diuin, auec grande menace en Iſaie 29. Ie feray a eſmerueiller ce peuple icy par choſes terribles & merueilleuſes ; car la Sapience des ſages perira, & l'intelligence des prudens s'euanouyra. Malediction ſur ceux qui ſont de cœur profond pour cacher le Conſeil arrier du ſeigneur, & deſquelz les œures ſont faittes en tenebres ; & diſent qui nous voit, & qui nous cognoit ? Voſtre penſee peruerſe ne ſera elle pas reputee ainſy que l'argille du potier ? c'eſt comme ſi l'œuure diſoit a celuy qui le fait, ne me fais pas, & que la choſe formee diſe a celuy qui l'a formé, il n'y entend rien. Les hiſtoires tant anciennes, que nouuelles, font foy que quand les Eſtats eſtoient gouuernez auec fraudes ſalies par les pechez de leurs aſſociez, ilz eſtoient au meſme temps grandement affligez, & ruynez quant & quant : faire amitie & alliance auec ceux qui ne participent à la vray & ſaincte Egliſe, n'eſt autre choſe ſi non ſouſtraire la protection de Dieu, & quand le Royaulme ne deſpend plus de luy, au premier ſoufle d'aduerſité ſon bon heur & felicitez ſe renuerſent.

Sire ie penſe auoir depeint au vif vos aſſociez gens prompts a l'impieté, compagnie indigne de vos grandeurs, pour eſtre tant infame, exitiale, & dommageable à tout voſtre Royaulme, & a vous meſme le plus ; Si la neceſſité vous preſſoit de vous ſeruir de telles gens contre les infideles, Heretic-

gues

ques ou autres pareilz, certe loy de foy vous excuseroit, & à propos, exposant les mauuais pour lauuer les bons, mais s'il vous plaist, a quel propos vous seruez vous de telz Capitaines & soldats, & contre quelz ennemis armez & soldoyez vous tant d'Hereticques, Athees, Turcs, & Tartares, ne sont ilz pas de mesme Religion & profession de foy comme vous? Catholicques, Apostolicques, & Romains, ilz sont tous enfans de l'Eglise de la quelle vous estez le premier, vous priez auec tous, ilz ont les mesmes Sacremens, & en vsent comme vous, ilz marchent a vne mesme felicite, par le mesme chemin que vous: sera il donc ainsy qu'vn Roy Treschrestien mesprisera leur piete, leur desir, les souspirs qu'ilz portent à la bouche, & les larmes qu'ilz ont aux yeux, les opprimant par vne rage & furie barbare? serez vous cause que les Sacremens seront mesprisez, & foulez aux pieds, baillez aux chiens, comme ceux de qui vous vous seruez ont fait, & la France iadis l'a espreuue?

C'est contre telles racailles, que le Zele de vostre equite se doit allumer, non contre voz freres Chrestiens. Entre voz ennemis le beau premier est vostre Beaufrere le Roy d'Espagne, & auec luy la Royne vostre Soeur. Gennes l'autre, le Magazin d'Italie, ville tres catholicque. Le troisiesme l'Eglise d'Allemagne, l'ou il y a tant d'Archeuesques, Euesques, Princes, & l'Empereur le plus rare seigneur en toutes vertus que nostre siecle ayt iamais veu. Que vous ont fait tant de Religieux, & Religieuses qui prient nuict & iour pour l'heureux succez de vostre Ma.té? pourquoy les voulez vous auoir pour ennemis & les ruiner honteusement? Ie tairay les autres sacrileges qui se commettront, desquelz il faudra que vous rendiez compte à Dieu, deuant lequel tost ou tard vous debuez comparoistre. Est cela le beau Conseil que vous donnent voz Conseilliers? que vous ayez à faire mourir l'innocent, rauager & piller les Eglises? Car quand ils vous ont persuadé d'entrer & estre chef de ceste Ligue par consequence necessaire, ils vous ont conseillé ce qui s'en suiura, qui est la ruine totale de la Religion & de voz Pays? Vous vous trompe tout court, si vous attendez de telz Decretz quelques heureux succez, voire qui seroit si effronté de prier Dieu pour obtenir telle victoire lui formant telles ou semblables Oraisons. O Dieu qui tenez tout enserré soubs vostre puissante main, & a qui Personne ne peut resister, donnez en proy voz seruiteurs, qui sont en la Valtoline entre les mains des Grisons Hereticques, voz ennemis. Rangez les Allemans soub le sceptre du Palatin Caluiniste, qu'il tienne les Euesques & Euechez à sa volonté, qu'il gouuerne les Prestres, Moynes, Religieux, Religieuses, vous en fin les Catholicques tes seruiteurs, affin qu'il les contraingne par feu, fer, flammes à renier leur foy, mespriser tes Sacraments. Donne aussi à Gabor, aux Turcs, & Tartares le reste de tes fidelz seruiteurs, qui sont en Hongrie, Morauie, Boeme, & Austrice, &c. Pour les faire tous Idolatres, & en fin vous renoncer. Que les rues & Carrefours retentissent à leurs cris

&

& gemmissemens, Que la terre soit enyurée de leur sang & d'armes, que les Eglises soient reduictes en solitude & l'habitation des hiboux. Ceste Oraison, comme chacun void ne peut estre d'vn Catholicque, ains d'vn Scythe, barbare, & Tyran. Pourquoy donc s'il n'est licite de prier sans peché pour les meschans contre les bons; pour les satellites infernaux au prejudice des seruiteurs de Dieu; osons nous leuer les armes auec prejudice de toute la Religion, en danger de perdre noz biens & la vie? C'est le propre d'vne Conscience du tout perdue, d'esperer d'obtenir vne chose qui n'est licite de demander.

La source de tous ces maux, est la pretention des confederez laquelle est trespernicieuse. Car encore bien qu'ilz cachent leurs intentions les voylant soubs mille discours fardez, toutesfois les buts qu'ils ont ne tendent à autre que d'abolir la Religion Catholique, & d'aggrandir la pretendue reformée, a c'est effect, ils forgent mille fraudes & finesses accompagnees d'vne profusion de mille dons pour attirer sa Majesté à ce Labyrinthe ou il se trouue ambarassé, le faisant exterminateur de la Religion, pour laquelle il est prest de mourir. Si nous lisons les Histoires de France depuis, l'An 1560. nous trouuerons que c'est le propre des Caluinistes d'estre remuant, & seditieux, desirans le sang Catholique plus qu'vne sangsue comme l'a esprouué la France auec son grand dommage. Le Magistrat de Boëme a essayé c'est esprit turbulent, lors que d'vne rage endiablée ilz le iettarent par les fenestres pour leur auoir refusé vne cour qu'ilz demandoient. Le Palatin poussé d'vn mesme air en toute ces lettres & Actes publicques qui se sont laissé voir, recommande de tout son possible la defence de l'heresie, & la ruine de l'Eglise Catholique, à ce propos ses Capitaines auoient desia entre eux diuisé les Archeueschez & Eueschez, &c. Voulant mytrer les Pasteurs legitimes d'vne miliasse d'encombres. Le Palatin s'ayant saisy de la Couronne de Boëme au miran de mille danger, ne se contentant d'auoir faict imprimer vne Predication, pour monstrer à ses impies Charletans de Predicans qu'il estoit du tout disposé à mal faire selon leur volonté, il commença sacrilegement à despouiller les Eglises, rompre & briser les images, & apres en auoir fait risée son saoul, il les faisoit brusler: Ceste felonnie arriua iusques aux Prestres, & à ceux qui sont de la Confession d'Ausbourg qu'il affligea de tous costez. Gabor comme premier Zelateur de la rage Caluiniste a fait preuue de ses inuentions Tyrannicques contre les Catholiques de Hongrie, combien qu'il ne les aye faict mourir comme les aultres, l'auarice l'en gardant: mais il les vendoit aux Turcs & Tartares, inuention plus cruelle que la mort mesme. Le Brunsuic, comme dit est, se glorifie d'estre ennemy de la Religion Romaine, l'Achille du Palatin, de quoy il se sert pour induire Gabor à prendre les armes est le saccagement de la Religion Catholique qu'il hayt plus que l'enfer.

L'Anglois mesme grand boucher des Catholicques ne s'armeroit pas tant pour la perte qu'a fait son Gendre, que pour esteindre la Religion. Les Hollandois n'ont aultre intention, comme il se voit par les lettres qu'ils ont escrit aux Rochellois, & aux sieurs de Roan & Soubize, les prians de poser les armes, craignans de diuertir les forces du Roy de leur entreprise, veu qu'il combattoit heureusement au grand dommage des Catholicques, & au proffit de la pretendue reformee : & que dedans peu de temps ilz se rendroient maistre non seulement des Pais bas, mais aussy de toute l'Allemagne, Hongrie, Boeme, & du pais de Suisse. Voire qu'ilz pourroient auec succession de temps, par crainte reduire le Roy à leur volonté, ou bien vrayment le chasser auec tout son Papisme & Cafares. Les mesmes ayant ces iours passez occupé Goesia, firent d'vne licence plus qu'Atheiste, telle abomination en vne Eglise Catholicque, que Dieu iustement irrité, punit sur le champ le Capitaine, lequel auec vne rage & douleur indicible, la langue tirée hors de la bouche vn demi pied, rendit apres quelques iours la uie & l'ame aux diables. C'est chose espouuantable d'ouyr ce que noz soldats ont fait contre les Catholicques tant en Engaddin que par toute la Val Teline, pillans les Eglises, battans les prestres, & les iettans hors de leur benefices pour y placer les Predicans comme du paise. Qui diroit que les Soldats d'vn Roy Treschrestien auroient fait tel outrage? quant à moy je dirois plustost, si je ne le sçauois, que ce seroient des Arabes, ou des Turcz. Le Nonce Apostolique qui est en Suisse en a fait sa doleance, & nostre Legat Francois qui est au mesme pais ne l'ignore, rien toutesfois de cecy ô SIRE, n'est paruenu à voz oreilles à cause de la puissance de voz Ministres. De mesme facon en ont vsé les Venetiens, qui ont fait à croire auec mille charlaterie enuers sa sainctété, luy representant que l'on ne pretendoit de nuire à la Religion Catholicque : & non obstant nous voions le contraire. Voyez quel malheur accompagné d'vn deshonneur voz Ministres ont mis sur voz espaules, qui vous ont tiré à telle confederation, puis que vous estez obligé de rendre compte à Dieu du desordre que font voz soldats, & de la perte de la Religion que vous deburiez augmenter. Vostre Couronne s'engage & se uend pour trouuer des armes à la ruine de vostre foy, & à la confirmation de l'heresie. Quelqu'vn bien versé au cod Machiauellistic me dira, que nous en chaut il que face l'Anglois, le Dannemarc, Gabor, & les Hollandois, voire encores le Palatin contre la Religion, pourueu que le temps doré retourne, que noz Soldats fassent à leur volonté, cela touche les confederez. Ce n'est pas nostre intention de nuire aux Catholicques, Nous rendons à vn chacun ce que luy appartient. Nostre guerre est Ciuile, nous conseruons noz Estats, nous diminuons les forces de l'Espagnol, & pourveu qu'il soit rendu plus foible, que la Religion se perde, que DIEV s'ayde, ce n'est pas sa cause, mais

mais c'est pour l'augmentation du Royaulme. Car l'entretenement des Estats n'est aucunement à negliger. La prudence Pedantesque n'admet ce Conseil; la bigotterie des femmelettes romp tous bons Conseils. Le Royaulme doibt estre gouverné par le Roy, & les ames par Iesus Christ. En fin si les confederez font quelque mal, ce n'est nostre intention, s'ilz font du bien nous en sommes content, que le crime leur soit imputé, pourveu que le fruict soit nostre. Ainsi parlent les Atheistes, qui se pensent Catholicques, se mocquans de Dieu soub la couuerte du bien public. Ouy dà? est il possible que celuy qui commande, qui consent, & ayde de tout son pouuoir à vne action de soy mauuaisse soit innocent? qui veut l'antecedent il veut aussy ce qui s'ensuit. Nous condamnons les Catholicques à la mort, & a cest effect nous enuoyons noz armees, nous faisons maistres les heretiques, rengeant des Catholicques à leur seruice: Nous les despouillons de leurs Eglises par commun decret, & les attribuons nous aux heretiques. Le peché aussi qui en ressort ne sera il pas commun? Dictes moy de grace celuy qui par conuention ouure la porte aux larrons, où qui mene vn aultre aux voleurs pour le tuer, ne se rend il pas coulpable d'vn mesme crime? S'ilz ne le sont, pourquoy les faittes vous pendre? qui ne voit ceste absurdite? Ie consigne aux Hereticques, & à leur fureur, les Catholicques leurs ennemis iurez, Leur Princes, & Euesques leurs Eglises, toutesfois je ne desire leur ruine, & par ceste tradition il sont tué. Les Eglises demolies, & le peuple ruiné. Tu esgorge le bergier, Tu oste la garde des chiens, tu ouure la porte aux loups qui enragent de faim, & tu te veux excuser des brebis estranglees par iceux. Si tu te voulois excuser, il ne falloit faire ny l'vn ny l'autre. Tu ne tiendrois celuy pour Innocent qui t'auroit mis entre les mains de quelque couppe-iarret pour te tuer. De mesme liurer son frere Chrestien innocent, pour lequel Iesus Christ a tant enduré, à vn autre pour le faire mourir, ne peut estre aucunement licite. Diriez vous qu'il seroit licite par vengeance au Roy d'Espagne, de demolir les belles Eglises de nostre France, pour les donner aux Calvinistes? Chasser les Prestres, oster la Religion pour y placer des Predicans? L'equité sans doubte vous fera respondre que non. Car l'acte illicite a tellement conioint les crimes auec soy, qu'il est impossible de les separer, non plus que le feu d'auec sa chaleur, pourquoy ne se pourroit il aussi bien seruir de nostre excuse que nous? disant qu'il n'auoit pas intention de nuire à la Religion. Mais que sa pretention estoit seulement, d'oster les forces à son Beaufrere, affin qu'il ne soit trop grand. La raison le condamneroit sans Appel: mais l'iniquité de nostre cause pour sa defence l'aprouueroit, si a cecy il adioustoit qu'il a esté premierement prouoqué par armes, voyant ses amis ruinez, il auroit esté contrainct par necessité de faire ce que nous faisons, sans aucune raison, tous deux seroient deuant Dieu inexcusable. Neantmoins nous ne le pouuons accuser si nous voulons defendre nostre cause. Si à ceste iniure mutuelle il y a de la faulte, de combien sera donc plus grand le crime de l'entreprise que l'on effectue tous les jours?

Que voz confederez comme l'Anglois, & les autres, qui n'ont autre pretention que l'extirpation de la Religion Catholique, & l'establissement du Caluinisme, personne ne doubte d'entre les Catholiques, qu'ilz ne soient entaschez de crimes enormes, par ce qu'ilz se bandent de tout leur pouuoir, contre la verité eternelle faisans guerre contre le S. Esprit, par laquelle ilz obtiennent ce beau tiltre de Persecuteur d'Eglise. D'icy ie tire vne consequence infallible, puis que nous les aydons par accord mutuel confirmé par serment, par Conseil, par nos richesses, & de tout nostre pouuoir, en tout leur besoing, que nous sommes aussi coulpable du mesme crime comme eux, non obstant que nous protestons de ne faire ce que nous faisons.

Qu'est ce donc que nous voulons, & que disons ne vouloir? Nous voulons entierement ruiner la maison d'Austriche, l'Empereur, l'Espagnol, les Electeurs de Mayence, de Cologne, & de Treuues, le Duc de Bauieres, & leurs associez. Nous voulons que Gabor soit Roy de Hongrie, le Palatin de Boheme. Nous pretendons de rendre maistre de toute la Flandre les Hollandois, mettre le Turc en possession des Indes. A Mansfeld & au Brunsuuic nous auons offert le choix de prendre ce qu'ilz conquesteront par force. En fin nous voulons tout bouleuerser & renuerser, comme Anhald disoit, & constituer en Europe vne nouuelle Republique. Et que ne voulons nous? Nous disons ne vouloir nuire à la Religion encore que nous voulions le contraire. Voyez je vous supplie à l'honneur de Dieu le peu de jugement qui se retrouue icy, celui qui par toute l'Europe conuocque les Roys & les Princes, ramasse vne infinité de gens d'armerie tous ennemis sanguinaires des Catholiques pour les Hunir tout à fait, ne nuira à la Religion? Le Prince sur tout doibt auoir soing de la Religion; s'il ne le fait, il se rend coulpable. La sentence de tous les Theologiens est que la loy de nature & Diuine commende de ne mettre vn Gouuerneur Heretique, l'ou il y a vn Catholique capable de c'est Honneur. Il n'est doncques permis de donner en charge noz subiects à vn Heretique. D'ou vient donc ce droict duquel nous nous seruions en constituant par violence aux autres Pais des seigneurs pour les gouuerner. L'office d'vn Roy, & d'vn Prince est de chasser les heresies, Entre lesquelles la plus pernicieuse est le Caluinisme. Sire, excusez moy s'il vous plaist, si je prends la hardiesse de parler franchement, le seruice que ie vous doibs m'y contraint. Si vous ne vous peinez de tout vostre pouuoir

uoir à dechasser de vostre Royaume toute l'Heresie, vous estes en hazard de faire naufrage eternel, veu que vous auez prins ceste obligation auec vostre Couronne, qui vous oblige en cela à Dieu & à vostre Royaulme, si ceste loy vous oblige si estroictement chez vous, que sera ce de vous si vous plantez aux aultres Pais l'heresie, espanchant le sang des Chrestiens? S'il est damnable de n'oster le venin quand on peut, quel excuse pourra trouuer celuy qui aura entoxiqué les autres? Le Roy comme dit S. Paul porte le glaiue pour punir les meschans, & pour defendre les bons. En ceste puissance est adioincte l'obligation de punir les larrons, les blasphemateurs, & toutes semblables pestes, Voire mesme les Heretiques, par ce que l'Heresie est vn blaspheme execrable. Vous debuez aussi par mesme obligation defendre l'Honneur de Dieu & le vostre: Le Roy donc est Protecteur de la Religion en son Royaulme, & ne la peut interesser ailleurs, comme il ne peut permettre les larrecins & autres malefices aux Pais circonuoisins. C'est donc chose certaine qu'il n'est licite de lascher la bride aux vices aux pais estrangers, non plus qu'il n'est permis en son propre. Il est asseuré que les troubles qui sont en pais voisins ne nuiront seulement à la Religion, mais aussi ilz osteront la commodité de la bien administrer. Si le Roy & les Princes Caluinistes nous enuironnent de tous costez, les commerces mutuelz seduiront vos subjects au Caluinisme, Les Huguenots prendront plus de courage, demanderont ce qu'il leur plaira, & faudra par necessité ceder à leur impudence, comme voz predecesseurs ont esté contraincts de faire auec Anuille, Montmorency, Orange, & plusieurs autres. Considerez comme les Princes de France ont leué des gens à Berne, & à Basle villes heretiques, le Palatin Electeur auec Casimire entrant en France l'an 1576. & l'ayant pillé en partie, & planté l'heresie ou il pouuoit, de puis l'insolence le portast iusques à demander au Roy recompense non petite, voulant auoir Metz, Toul, & Verdun pour tenir le Royaume en leur deuotion, & faire le Roy tributaire aux Huguenots, non content de cela il dressa vn compte, par lequel il disoit le Roy luy estre redeuable d'onze millions de Francs, lesquelz pour les payer la Royne Mere vendit vne partie de ses ioyaux, comme l'on trouue aux articles de la paix qui fut faicte en l'an 1576. Si deux Princes accompagnez des Huguenots, quand l'Italie, Espagne, les pais bas, l'Angleterre, & l'Allemagne tenoient auec la Couronne de France, ont faict passer le Roy & son Royaume soub le joug de leur plaisir: que sera ce de vous & de vostre Couronne, si les Caluinistes obtenoient tous les pais susnommez comme aydes à leur en faire iouyr? Cela est vieu & passé, ce que toutesfois est maintenant refraischy par mauuais conseilz. Venons à ce que vous mesme, SIRE auez esté pressé de faire au commencement de vostre Regne, lors que le

tumulte

tumulte fut en France, & que l'on vous forcast de payer l'Armee qui fut enuoyee contre vous par les Hollandois, le Hess, & le Palatin, qui faisoient soubs main tout ce qu'ilz pouuoient contre vostre Royaulme, & vostre vie: ilz auoient bien des armees contre vous, mais non pas pour vous, vous refusans ayde tout à plat. De mesme hardiesse les Huguenots, voyans le Roy & ses armees empeschees ailleurs, ilz luy firent guerre par terre, & par mer, se saisissans des reuenus, & censes Royales, occupans les villes par force, se faisant donner des Priuileges extraordinaires, faisans aussy casser & annuller les Decrets publiqs, rasans les forteresses, en fin rien ne pouuoit reprimer ceste licence impudente, d'ou tout ce mal est prouenu. Et encor pour le present il semble bien qu'ilz portent les armes en faueur de vostre Majesté, mais ce n'est en verité que vous nuire, & s'emparer du Royaume. Car tout ce que possedent leurs amys, ilz le tiennent pour propre. Cependant, SIRE, que vous permettez toutes licences aux ennemis de la Religion, craignant vne guerre ciuile, vous les rendez contre vous mesme inuincibles, s'ilz sont tant hardis de vous quereller estans foible, que ne feront ilz estans fort? O Roy des Roys que vostre iugement est Juste. Les Rochellois rebellent contre leur Roy, & deux freres luy font guerre par mer & par terre, il les prie & reprie auec dons de poser les armes, il octroye leur demade encores qu'iniuste; d'ou pensez vous je vous prie que procede ceste audace accompagnee d'vn mespris vers son Prince naturel? Ainsy le meritōs nous. Nous euertuons de nostre pouuoir de donner le gouuernement du peuple aux Caluinistes. Et voyla misere indicible, que le Roy mesme endure ses subjects Caluinistes estre ses maistres. Ilz brauent, le Roy semble craindre. Ilz robent & saccagent: & pour tels crimes, ilz demandent recōpense. Le Roy la leur accorde pour leurs beaux seruices qu'ilz font en ruinant ses subiects. N'est ce pas proprement arracher la vray Religion de la France, & monstrer à ses seruiteurs le peu de puissance qu'il y a pour leur faire teste. Tournez voz armes, SIRE, à l'imitation de voz Ancestres contre les infidelz & Huguenotz; vous ferez vn traict digne de vostre grandeur, & conuenable à vostre pieté. Qu'en ont fait voz Deuanciers en Espagne, Allemagne, Hongrie, Italie, voir en Asie & Syrie, quelle gloire ne vous ont ilz pas acquise, qui vit encor, & viura tousiours sans estre flestrye de l'oubliance? Immortalisez vostre Nom comme eux, & comme vous estes Heritier de leur Couronne, soyez le aussy de leur Gloire. N'endurez que la Religion soit foulée, que les heretiques dominent, que les Chrestiens soient vendus aux Turcs, il n'y a pretexte auec tout le crespe de la France qui sceut voiler ce crime.

Certains pretendent vne forme de Iustice inoiiye, qui tollit entierement

ment la Religion disans : *Fiat iustitia & pereat Fides.* C'est tromper le monde, il n'y a Loy, ny droict qui permette que la Religion soit violee. Nostre guerre est iniuste, car elle est contre DIEV, & directement contre son saincte Eglise. C'est l'opinion vniuerselle des Docteurs, & de la plus part du peuple. C'est chose certaine que la guerre ne peut estre iuste de toutes les deux parties; si l'ignorance n'excuse l'vne. Or il est manifeste que la cause de nostre aduerse partie en ceste guerre est tresiuste, veu que ny par droict, ny par raison personne peut contraindre les Catholiques pour se soubmettre aux Heretiques, ainsy comme on ne peut contraindre l'Empereur, le Duc de Bauiere, les Euesques à laisser leurs païs pour y introduire les Huguenots, veu que ce seroit perdre l'Ame, & Dieu tout à faict. Si la cause du different estoit seulement de commander, ou bien des richesses, pour le bien de la Paix, vn Prince pourroit admettre vn aultre meilleur à sa place; mais quand l'honneur de Diev y est engagé, la foy interressee, les biens & la vie des amys est en hazard, cela ne se peut faire. Ceste guerre est doncque de tres grande importance, obligeant les Princes Catholiques tres-estroictement de n'y rien espargner, & de cõbattre iusques à la derniere goutte de leur sang, à l'exemple des vaillants Machabees qui ont laisse leur vie pour la loy de leur Dieu; craignans que les Princes Heretiques, auec leur Predicants ne se rendent maistre de leur terre. Car estre lasche en la defence de la cause de DIEV ce n'est pas vne petite faulte. DIEV a commandé à l'Empereur & aux autres Princes, de se defendre contre voz armes; veu qu'ilz ont DIEV pour aucteur de ceste guerre, la nostre doncque est contre DIEV; la leur est tres equitable, & la nostre iniuste. Ce Privilege est tiré du magazin de la Foy, Le Roy legitimement ne peut contraindre son subiect de prendre vn maistre heretique pour ses enfants, voire les Enfans ne sont tenus de l'accepter, car la loy Diuine limite les Droicts Royaux. Il faut ouïr le Roy des Roys, & non le Roy du peuple, qui ne luy veut prester hommage. Mais vous me direz pourquoy vn si grand Monarche n'aura-t'il le pouuoir de commander absolument à son Subiect qui luy a presté le serment aucunement violable? Ie responds que c'est à cause qu'il s'agit du salut de l'Ame, qui est à DIEV seul, & non au Roy, & ne le peut bannir pour ce subiet: car il n'est tenu d'obeir auec perte de son ame, Voire si ce Citoyen & tous ses Enfans estoient conuaincus du Crime de Lese Majesté, il ne le pourroit encore contraindre de prendre vn Maistre Hereticque, pour ses enfans en peine dudit crime. Il peut bien leur faire perdre la vie, mais il ne peut toucher en ce qui est de la Foy, ny mesme les mettre en hazard d'estre seduicts: N'estre obeissant en tel commandement c'est proprement Pieté:

Car

Car se garder de tel danger, & fuyr l'occasion cela est, sur la loy du Roy, voire mesme le Roy ne leur peut donner aucun scandale autrement il irriteroit la vengeance de Dieu sur soy; qui remplit de malediction celuy, qui donne scandale. Que si cela est uray enuers chacun subiect du Roy sur peine de pecher tres griefuement donant vn Maistre Hereticque? par quel droit, & auec quelle Conscience pourrez vous donner, voire contraindre par Mansfeld, Brunsuuic, & Nassauu, tant de peuples de tout sexes & estats, de recepuoir vn tas de Predicans ennemis iurez de tous biens, & de la Religion? Le scandale qui en sortira, remplira vostre Royaume de maledictions, & tombera sur la teste de voz Conseilliers. Ie prie Dieu qu'il luy plaise vous garder, Sire, de ceste trop grande licence d'offenser, & aux Princes Catholiques d'Allemagne de destourner telles infortunes de leur terres. L'exemple que nous auons apporté est de moindre efficace pour estre particulier, que celui qui est public, que ie vous veux apporter, lequel sera approuué de la sorbonne non obstant la couleur qui l'esblouit. Il y a tant de temps que nostre Royaume de France est en controuerse entre nostre Roy qui la possede, & le Roy d'Angleterre qui en tire le tiltre, par lequel il confesse sans mot dire, que la ou il aura occasion de s'en emparer, qu'il conioindra le tiltre auec le Royaume. Croyez moy, Sire, il uiendra vn temps qu'il le pourra repeter, ou rauoir par force. Les Huguenots que nous rendons puissans par nostre ayde peuuent beaucoup par terre & par mer, l'argent ne leur manque; ny moins les hommes. Ilz ont vne amitie tres estroitte auec l'Anglois, l'oreille duquel leurs est ouuerte quand il leur plaist. Ils l'honnorent du tiltre de Conseruateur, protecteur, & defenseur. Au contraire, ilz ne se fient à vous, & vous ont suspect. Ilz vous celent tout ce qu'lz peuuent, & ne uous disent si non ce qu'ilz ne uous peuuent celer, ilz desirent vous abaisser pour eleuer l'autre, tellement qu'il leur sera fort facile quand il ioindra ses forces de iouir de son pretendu. Calais ne suffira (car l'appetit vient en mangeant) mais Paris le pourra contéter accompagné de la Couronne Royale. Sans doubte, Sire, vostre courage ne permettroit si quelqu'un vous venoit attaquer, de vous vous laisser gourmander, vous pourriez toutesfois par vn exemple extraordinaire, si vous vouliez, plustost abandonner la place à vn autre, que d'espancher le sang pour vostre Couronne. Il ne vous seroit licite, encore que le vouliez, de quitter la place à l'Anglois estant huguenot, parce que vous estes tenu de conseruer voz subiects en la Foy Catholique & Romaine. En cest exemple vous auez la cause de l'Empereur & de toute l'Allemagne descripte, & encore que quelqu'un de voz Conseillers ayt tasché uous faire trouuer la cause du Palatin bonne & legitime, Toutesfois il est tres clair, qu'il est impossible de contrain-

contraindre les Alemans à se soubmettre à vn Heretique. Car ce seroit faire la guerre qui est iuste iniuste. SIRE, les Principaux de vostre Royaulme, sçauent tout cela auec vn grand creuecoeur & regret, que par le conseil de quelques vns, soubs vn si bon & pieu Roy, vostre Royaume perd son Honneur, & se rend infame. Voire mesme voz villes, vostre peuple orthodoxe est fort estomaché, & font reproche à voz Conseillers, qui vous ont conseillé ceste guerre. Il est grandement à craindre, qu'il n'arriue le mesme à voz Pais, ce que leurs est aduenu il n'y a pas long temps. La Cause de cecy est la trop grande puissance des Huguenots, qui s'augmente de iour en aultre : l'autre raison prouient de l'opression des Catholicques, & de la diminution de leur moyens par tant de tailles, gabelles, & rançons de Soldats. Partant les Princes seront contraints d'apporter toute diligence pour obuier aux maux qui pourroient arriuer à l'Eglise Catholique Apostolicque & Romaine. Il n'y a rien de plus pernicieux au Roy, au commencement de son Regne, que le peuple soit imbut, que par faulte de bien gouuerner la Religion soit opprimé, qui le conioinct auec son Roy, si aussi il apperçoit que la Cour Le rende odieux aux Huguenots, cela luy met mille martel en teste, & en faict sortir des resolutiōs fort cornues, & pernicieuses. Qui ne voul-droit plustost estre confederé auec l'Espagnol, que de s'assubiectir aux Huguenots? Souuenez vous, comme Henry le Grand, le premier de nostre siecle, ne pût iamais viure en paix en son Royaulme, si non par la defense & protection de la Religion. L'ou les Princes, Villes, Citez verront la Religion asseurée, ilz se tourneront de ceste part, comme les girasols vers le Soleil, encore qu'il fallut aller iusques à Hispal. Les promesses & l'or des Indes ont beaucoup de pouuoir d'attirer les Coeurs, & de semer des enuies & discordes, principalement entre les Courtisans. Vostre Conseil affamé d'argent, cerche son prouffit au despéd du vostre, il ne mesprise seulement les petits & les Princes du Sang, mais trauerse Mōseigneur vostre Frere à cause de son mariage, il seme par tout auec tout son pouuoir des monstres de soupçon, Desquelles sont nees tant de belles questions, que je vous offre icy auec toute Humilité.

1. A Sçauoir si les Estats du Royaulme doibuent admonester le Roy publiquement, de la confederation qu'il à fait auec les heretiques, contre les Catholiques.

2. Si les Princes Catholicques, qui dissimulent ceste alliance pechent mortellement.

3. Si le Roy faisant guerre cōtre les Catholiques, & introduisant l'heresie aux Prouinces estranges, soit de fait excommunié.

4. Si les suaseurs, & ceux qui aydent sont liez de mesme censure?

5. Si le Roy peut estre retenu par force de faire guerre aux Catholiques?

6. Si l'on peut par voye d'arme resister au Roy qui afflige & perd son Royaulme?

7. Si

7. Si les Princes Catholicques se peuuent ioindre à quelque Prince voisins de mesme profession, pour defendre la Religion, à l'imitation du Roy, quis'adioinct auec les hereticques?

8. S'il est expedient en telle perturbation & calamité de constituer vn Protecteur de la Religion, & Conseruateur des pauures?

9. Qui pourroit il estre?

Tout cecy prouient de la façon qu'on a tenu de gouuerner au commencement, Laissant l'administration generale à la fantasie de deux ou trois. Voyons s'il vous plaist, Si la Iustice accompagne noz armes. I'en parleray auec verité. A peine se peut trouuer crime plus enorme que de faire guerre sans iuste & legitime cause, Si chasque homicide traine vn ie ne sçay quelle horreur, quant & soy, criant au Ciel vengeance, comme le sang d'Abel, que sera celuy qui mée guerre iniuste, l'ou il se fait tant & tant d'homicides? Ceste cruaulté tirera hors d'enfer vne milliace de luttins à se vanger de telles iniustices. L'on sçait trop que la rage de semblables guerres, est la sentine de tous vices: Chacũ sçait que dez vostre berceau, vous vous estes ioinct auec la Iustice, qui orne & embellist vostre Couronne, par l'administration d'icelle, d'ou vous auez obtenu, par le consentement de tous, le Nom de IVSTE. Pleust il à DIEV que ceux qui rendent vostre Majesté odieuse, vous laissassent long temps iouyr des loüanges que vous auez conquis; & que ceux qui n'ont point beaucoup de quoy en leur maisons, ne vous soient aucteurs de ceste guerre iniuste, laquelle est tousiours fatale. Nous combattons pour les Grisons hereticques contre le Pape, & pauures Catholicques affligez de la Valtoline; pour le Duc de Sauoye, contre la Republique de Gennes, pour les Hollandois contre l'Espagnol, pour le Palatin contre l'Impereur, pour le Prince de Hasse cõtre ses parents & alliez, pour Durlach contre ceux de Bade, pour Gabor cõtre les Catholicques de Hongrie & l'Empereur, pour les Boëmes contre leur Roy naturel; pour le Dannemarc & Suece, contre les Princes & Euesques d'Alemagne, pour le Turc contre les Chrestiens. Voila voz belles entreprises & desseins, que nous mettons en execution par nous mesme & nostre ayde, ou par nostre conseil. Toute ces guerres sont remplies d'iniquité contre toute Iustice, encore que l'on depose le fait de la Religion. Disputons cecy auec forme de droict, deuant le siege Royal de Dieu: par deuant lequel il nous faudra quelque iour tous personellement comparoistre; Ie demande dilay de la sentence, iusques à la fin de la dispute, par ce que le faict est d'importance, veu qu'il s'agit du bien entier de vostre Royaulme; Car les pays par l'iniustice se perdent, & se transportent aux estrăgers; de toutes les ames qui y sont, il faut que l'ame du Roy en rẽde cõpte. Pl⁹ miserable est celuy qui tue iniustemẽt, que celuy qui est mort; Ie ne recherche seulement icy si voz guerres sõt justes simplemẽt, mais si elles le sont auec certaineté & euidence. Ie demande donc si nous auons jugé à mort auec bon

droict

droict tous ceux, contre lesquelz nous aiguisons noz glaiues? Car la forme du droit porte, que les causes criminelles soiet claires come le jour, & que les preuues en soiet maifestes & treseuidetes, ainsi que l'incertitude d'icelle arriuant, l'Equité deffend, de prononcer sentece de mort cotre celuy qui est Re. Combien moins sera il loisible de proceder contre tant de milz que l'on fait miserablement mourir, leur causes n'estans ny prouuées, ny aucunemet liquides? D'ou ne se peut tirer autre conclusion, si non que toutes les guerres de nostre partie soient tresiniustes: & que celle, que ceux, lesquelz nous auons rendus nos ennemis, entreprennent pour leur deffence, est fort equitable, & non seulement pour le seul esgard de la Religion, ains encore par tous droicts, tant Diuins que Humains; Ce que i'esprouueray en deux facons, asçauoir en general, & puis en particulier. Ceux que nous recherchons par armes, sont jugez à mort depuis les subjects jusques à leurs Superieurs, ainsi que le demonstre l'execution que nous en faisons desia à la bon escient. Mais quelle Iurisdiction auons nous sur sa Majesté Imperiale, & sur tous les autres? ou sont leurs crimes? que vous ont ilz fait? Il nous est imputé a grande injustice, de vouloir juger les differes des autres nations, sur lesquelles toutesfois nous n'auons aucune authorité, Qui a esleu les Iuges en France? Qui nous a donné des arbitres, & de qui nous font ordonné noz Commissaires? Certe si noz Parlemens se mesloiet de vuider les difficultez qu'ont les Allemãs pour leurs fenestres & gouttieres: les fols mesme nous estimeroient de leur liurée, comme nous a donc esté acquise l'authorité d'adjuger les estrangers à mort? Par quelle voye de Iustice pouuez vous desirer que l'Empereur meure, & le Palatin regne, si l'Empereur vous refuse, si le Palatin vous a corrompu, & si, en vn mot, vous ne pouuez estre Iuge? Si le Roy d'Angleterre commandoit à vostre Majesté de comparoistre par deuant luy à cause de la mort du Marquis d'Ancre, & que par sentence deffinitiue il vous condamna à mort, Ou que les Hollandois vous adiugeassent au dernier supplice, pour la defence que vous faites contre Soubize vostre rebelle, Ou si les Venetiens commandoient par arrest, que vous Preuosts eussent à perdre la vie, pour auoir fait pedre quelqu'un qui l'auroit merité, n'aurios nous pas juste cause de leuer les armes, pour nous vanger d'une injure si grãde, & d'vn mespris si tresintolerable. Dittes moy de grace, quel droict auons nous plus grand sur ceux, que nous recherchons à mort, que l'Anglois, les Hollandois, & les Venetiens ont sur vostre Majesté? Posons le Cas que le Cardinal auec ses conjurez & fauoris, soit le Iuge des Roys & des Princes: Sa sentence non obstant, qu'il a donné ne seroit valide ny moins juste, parce qu'il a jugé, sans auoir ouy la partie contraire, contre toute equité, & procedure du droict. Car aux causes qui se playdoyent l'on cite le Re, & l'on examine le faict: L'on desboute le juge qui est suspect; Le criminel done temps à son accusateur pour prouuer ce de quoy il l'accuse. l'on se communique les responces, les repliques & tripliques, l'on y procede auec riance d'Espagne pour garder l'equité, & puis la sentence se prononcer. Le Conseil du Roy s'a bien garde de tout cecy : l'ambition des Hollandois, l'importunité de l'Anglois : l'or de Venise, la haine extreme que vous portez à vostre contrepartie, vous a fait espouser ceste querelle contre Dieu, & tout le monde, qui vous condemnent. Esplichons par le menu de reste. La guerre que nous menons à la Valtoline pour les Grisons est forgee par l'avarice des Veneciens, pourtant iniuste. Les pauvres habitans y sont pillez, les filles & femmes violees, les Prestres battus, les autres tuez miserablement, & sont reduits en telle calamité que tout le monde en a pitié. Ce cas pitoyable esmeut tellement sa Saincteté, vostre Majesté, & celle d'Espagne, que par vostre moyen d'un commun accord ils furent delivrez de la cruelle Tyrannie de ces Grisons barbares, & accorda l'on que sa Saincteté tiendroit le pays soubs sa protection, jusques à fin de cause. Et voila cependant, contre toutes promesses & conventions confirmees, & contre le droit de sequestre, que nous y conduisons une armee d'Hereticques, qui sans aucune misericorde taillent tout en pieces, & ne laissent rié, que ce qu'ilz ne peuvent emporter, ou qu'ilz n'ont peu trouver, ont dechassé la garde du Pape, deplacé les Prestres & Religieux, pour y introduire les Predicans. Icy il ny se void point de Justice, mais bien l'iniure & du tort indicible. Tant les habitans que la garnison estoient soubs la sauvegarde par noz promesses de ne leur faire aucune injure de l'a vn instant sans occasion, sans ouyr d'arbitre, ce qu'il falloit decider par droict, nous le pactons par l'espee, & menaçons la mort au Juge. Car les Capitaines du Pape que vous avez massacré, n'estoient pas plus interessez en ce faict que sa Saincteté mesme.

La cause du Duc de Savoye contre Gennes marche en mesme ordre. Je l'omettray pour la crainte que i'ay d'estre trop prolixe. Gene ne nous recognoit pour juge. La cause de n'admettre tel Juge est tres raisonable, à cause que le Duc, est nostre client favoris, allié & compagnon de voz entreprises. Gene est en bonne grace de l'Espagnol, qui estant nostre allié, l'aymons toutesfois mieux avoir pour ennemis. Tout cela est porter partie. Et davantage ilz ont accepté la sentence donnee par leur Juge legitime, & sont en possession de ce qui estoit en litige, ilz presentent le droict au Duc de Savoye, par devant quel Parlement, Academie, Docteur & arbitre qu'il luy plaira pour disputer la verité de leur cause. Enfin ilz se plaignent du tort qu'on leur faict les voulant deietter hors du bien qu'ilz ont obtenu par voye de Iustice, prononcee par leur Juge legitime. Mais pendant qu'ilz presentent le droict, on leur fourre l'espee à la gorge. Ce n'est pas cette Zuccorella que nous recherchons comme l'or, l'argent, & la commodité du lieu, qui avec la cupidité de l'avarice bousche l'oeil à la raison & à la Justice. L'Espagnol est par nous condamné, & les Hollan-

dois

ces rebelles ont droict, le ne suis Espagnol, n'y aymé leur faste, mais suis prest à perdre la vie pour mon Roy, neantmoins il faut parler auec verité. En premier lieu Nous ne sommes iuges capables, & leur cause n'est meilleure que celle de noz Huguenots rebelles, & de ceux qui à toute oultrance cherchent l'entiere ruine de la Religion Apostolique & Romaine, Les meschancetez & rebellions, qui se font par les Huguenots sont forgées sur l'enclume Hollandoise. Depuis que nostre France s'est meslée d'eux, elle a esté merueilleusement affligée par le iuste iugement de DIEV, par seditions continuelles : la faisant endurer chez elle, ce qu'elle faisoit aux autres lieux, Henry le Grand, le miracle des Roys, deceu par le mauuais conseil des meschans, depuis qu'il les ayda par conseil, gens, & argent, DIEV ne permit qu'il fut asseuré en son Royaume : Car il s'esleuarent des monstres de rebellions, & factiōs Bironiques, qui n'ont cessé iusques à ce qu'ilz ayent esteinct ce bel oeil du monde. De puis sa mort, la Royne vostre Mere par l'imposture & importunité de quelqu'vn, assista plus par contraincte qu'autrement les Hollandois & autres contre les Catholiques; Mais DIEV [illegible] incontinent pour venger ce crime, enuoya vne guerre ciuile, ou vostre Majesté & celle de vostre Mere, y coururent risque, des heretiques mesmes qu'elle secouroit. A ces maux furent adioinct, le massacre des Gentils-hommes, le bannissement d'autres personnages, la [illegible] de la court espuisa le thresor que le feu Roy auoit amassé, & fut distribué non aux fidelz seruiteurs du Roy, mais aux Princes enuieux de la Couronne. Qu'auons nous à attendre maintenant que nous nous sommes alliez & liguez auec les heretiques? DIEV ne se laisse brauer, s'il punit tard, il punit aussi l'attente. Nous voyons l'ennemy à noz portes, la disette en noz maisons, Les huguenots rebelliant, les Princes se mesfient, les subiects du Royaume sont irritez; & cependant nous enuoyons en Hollande la fleur de nos Soldats, pour estre victime sur l'autel infernal, & les accompagnons de noz finances. Que tout perisse, il ne nous en chaut pour veu que l'Espagnol y demeure. Nous nous soubsignons comme en vne bonne cause du Palatin, des Bohemes, de Gabor, & voulons que l'Empereur & tous ses adherans perissent, la Iustice ne peut rien, icy l'on la chasse toute despouillée au Ciel, nous couurant de son manteau. L'Anglois n'a iamais voulu approuuer, ny espouser la cause de son Gendre, iusques à ce que par prieres importunes l'on l'aye attiré à ce faire, mais fort petitement; Les Ambassadeurs qu'on a esté enuoyez à l'Empereur, & aux Electeurs, ont faict tout ce qu'ilz ōt peu, affin que le Palatin fut deshoné de la dignité Electorale, & qu'elle fut transportée au Duc de Bauieres; Nous auons doncques recogneu sa coulpe, puis qu'en chastiment de rebellion, nous auons transferé l'honeur Electoral à vn autre, La cause du Palatin n'est meilleure que celle de Biron, des Bohemes, & que des huguenots, La cause de Gabor comme celle d'vn brigand : car ie ne pense qu'il se puisse trouuer soubs le ciel, vn plus meschant [illegible]

desbordebordé en meschancetés, qui voulut estre protecteur d'vn tel homme. Il a chassé par guerre iniuste Ferdinand esleu & couronné Roy de Hongrie, apres la rebellion des Boëmes, estant en paisible possession recognu de tous pour tel; neantmoins Bethlehem estant ny esleu, ny couronné inuahit le Royaume, duquel estant peu apres dechassé, fit semblant de vouloir administrer le Royaulme au nom du Roy, en maniere de gouuerneur, y emploiant à cela tant de faulces promesses, que de perjures & fauls sermens, tellement, qu'il a autat de droict sur la Hongrie, que sur la ville de Paris. Pourquoy donc le sollicitons nous auec tant d'instance, & par promesse, de violer la paix, qu'il a tant de fois juré & reiuré: & de retenir la Hongrie qui ne luy appartient aucunment; comme sera t'il possible que sa cause soit iuste, & celle de l'Empereur inique la chose parle de soy mesme; Comme oseriez vous dire en conscience, Frideric regnez en Bosteme, & vous Gabor en Hongrie, ces Royaulmes sont vostres; & vous Ferdinand quittez la place, ou vous perdrez & le Pais & la vie. O equité, ô Iustice, ô sentence par la juste vengeance de DIEV punissable! Sans chercher plus outre, nous croyons aux Princes de Hassen, de Durlach suyant à vous, qui n'ont autre but, que faire trouuer bonne par fraude, & tromperie l'iniquité de leur cause. Le Hass aucteur de toutes conspirations, & des maux qui s'en sont suiuy, deuant qu'il fut mesprisé de ses compagnons, du grand desir qu'il auoit de rebeller, ayant premierement menacé le gibet à sa noblesse, & subjects, s'a retiré de son pais, duquel son filz iouyt paisiblement; il auoit deuant quelques annees rauiinjustement vne bonne partie des terres de son Cousin, qui luy ont esté rendues par droict legitime, comme il se void par les plaidoyez, qui en sont esté fait: il n'y a Docteur aux loix en tout l'Empire qui n'ayt approuué ceste cause, hormis vn certain Mauritianus: pouuons nous donc que legitimement auec noz espees retracher & annullir la sentēce prononcee auec toute equité? Il nous est confederé; Est sera t'il pourtant loysible contre toute raison de defendre les injustices & iniquitez de noz alliez?

Quand à la cause de Durlach, toute l'Allemagne en va à la moustarde qu'elle est tresinjuste, & remplie d'infamie, comme on le void par les escripts enuoyez aux Princes, qu'il a chassé ses Cousins auec leur Mere veufue, hors de leur heritage & s'en a emparé, & affin qu'il ne fut trop chargé se saisit des joyaux les plus precieux qu'ils auoient, & du coffre là ou estoient les lettres. De mesme faço en a t'il fait auec ses subjects Catholiques, leur tirát la moelle des os, Et se mocquant de la Iustice, il a fait exiler ses pauures Nepueux trente ans durant, Et ne fut la sentence publique qui est prononcée contre luy, ilz seroient encore en exil. Et ce neantmoins il pense qu'il luy soit fait grand tort, & demande de rentrer en possession, contre les loix tant de nature, que Diuine & ciuile. Son motif est à cause qu'il a fait guerre à l'Empereur, & qu'il est constant à sa rebellion. Et serons nous tant aueugle qui

vou-

voulons voire si clair, de defendre auec noz armes vne cause qui est contre l'equité, la paix, les loix Imperiales, voire chasser les Catholicques, pour y mettre les hereticques, oster Dieu pour y mettre le Diable, en vain esperons nous meilleure fortune que noz Ancestres, puis que nous faisons pire.

Ce que je viens de dire, est notoir à tous, voire mesme les aucteurs & conseillers de ceste guerre n'en peuuent doubter, ou pretendre aucune ignorance. Par dessus toutes les raisons il y en a vne qui emporte, à sçauoir que l'Egspagnol se fait trop grand, & qu'il faut supprimer ceste puissance, & destruire toute la race. Que cela passe, pourueu que ce soit sans interest de la Iustice, & de la Religion. Si l'Espagnol fait guerre iniuste, qu'on luy resiste auec toute equité. La seule prosperité & l'augmentation de puissance ne peut estre cause legitime de faire guerre à son voisin. S'il estoit licite de prendre les armes contre son prochain à cause de son bon heur & heureux succez, Ce seroit lascher la bride à tous vices, & abismer le commerce & societé que les hommes ont par ensemble, voire ce seroit faire que le monde ne seroit plus monde. Qui vouldroit trauailler, ou faire quelque chose, puisque le plus fort le luy pourroit oster? Quelqu'vn vous deuance en honneur à la Cour, vous sera il pour tant permis de le tuer? Les Huguenots ont ils iuste cause de s'armer contre le Roy, craignans qu'il ne soit trop puissant, pour les contenir en leur debuoir? Ou bien les Princes de France auec equité s'opposer par armes contre sa Majesté, cregnans qu'il ne leur oste leur liberté? Seroit il licite aux Bernois, comme ilz on fait en l'an 1571, d'ayder les Huguenots de France pour accourcir la puissance du Roy? L'Anglois & les Hollandois, n'en pourront il pas faire le mesme? Si apres auoir donté la Maison d'Austriche, l'Anglois, Frideric, & les Hollandois se rendoient plus grands que nous, seroit il permis, de les abaisser par noz armes. Ou si par fortune nous estions plus forts & puissans, pourrions nous guerroier contre eux? Ou bien si nous estions les plus grands & puissans du monde, seroit il permis pour cela à vn chacun de vous donter par armes? Ce n'est pas le moyen d'establir les Royaulmes, mais bien de les destruire de fond en comble. Les Royaulmes sont maintenus & conseruez par l'equité, nourris par la clemence & pieté. Le Roy qui tourne la poincte de son coeur vers DIEV est inuincible, si au contraire il se frotte auec les vicieux, il n'est loing d'vne ruine generale. Coulez voz yeulx sur le passé, & vous verrez que pas vn Royaulme n'a pery pendant que la Religion, l'equité, & modestie y auoient leur siege, mais si tost que par les armes on a voulu establir l'Estat, le malheur s'en est suiuy. Le Pais qui se pense auancer par armes n'est de durée. Le sucre du vice, n'est que venin, & saisit sans dilay celuy qui le gouste. Helas! que nostre France est miserable si elle n'a autre, pour l'asseurer de son bon heur, que Dannemarc, Suece, Gabor, les Turcs, & Tartares, par l'entier saccagement de

 l'All'Allemagne, la remplissent des meurtres, rapines, flammes, & heresies : en quel abysme de malheur plongeons nous tout le monde par noz conseils, nous en experimentons la vne partie, & preuoyons l'autre en nostre porte, Il est necessaire de craindre les grands que nous prouocquons, qui ne sont en petit nombre. Nous ne sommes asseuré de noz associez, qui ne nous ayment, que du bout des leuures, cherchans par nostre sang leurs auancements & commoditez. Les armes des Rochellois & Soubize claquissent en nos oreilles, L'Allemagne, la Hongrie, les Croats, & Pologne aiguissent leurs espees. Le pais bas est tout prest, l'Italie nous fait teste auec nostre dommage. L'Anglois chancelle comme fait tout son Royaulme. Nous auons offence les Veneriens, Gabor espie quel vent vous aurez en pouppe, & selon qu'il sera, il fera voile. Le Turc ne peut rien pour le present. La mer engloustit nos vaisseaux, la peste nous afflige : l'Italie demande secours, Il faut que nos thresors & argent volent par tout : Au Pays l'on n'entend que pleurs, & dehors on ne void que meurtres : Le malheur de toute les malheurs est, que l'issue est incertaine, auec tant de perte de nos gens ; & nous visons seulement comme nous pourrons nuire entre tant de ruines aux aultres ; & nous ne pensons aucunement comme nous pourrons endurer des autres. Les hommes, le fer, le feux, & le bois sont apreste de deux costez, Nostre Royaulme est situé à la plaine, & pour autant facile à estre interessé, & est entouré de montagnes, remplies de peuples belliqueux, Il arriue à ce malheur vn autre tresgrand, qui est la continuation par plusieurs annees de ceste guerre si cruelle, qui ne pourra estre supportee par le Sauoyard à cause de sa longueur : L'Anglois & les Veneriens s'en retireront auec dexterité, tellement que la France demeurera seule engagee entre tant d'ennemis. Ceste guerre ne prendra encores fin, veu que nos ennemis sont plusieurs, & leurs forces ne cedent aux nostres, ilz sont aussi bien mignon du bonheur comme nous, s'ilz le caressent : qui ne void que la munition de guerre & de gueulle, & l'argent defaudront, principalement s'ilz viennent à assaillir la France : Quand les nerfs sont couppez, les forces sont perdues : Noz Soldats n'estans soldoyez, se rueront sur le pillage, aussi bien que l'ennemis, Je crains aussi bien les Chefs des armees comme les autres, L'Esdigieres ne se desarmera s'il ne luy plaist, voires s'il veut il pourra mettre le Roy à la deuotion des huguenots. Le Guisard est offencé par l'insolence des huguenots. D'Angoulesme aura ses difficultez deuant que le Roy luy puisse faire poser les armes. Il semble en fin que vostre Majesté ayt autant de Maistres, comme elle a de Generaux sur ses armees ; Car vn chacun d'eux, s'il vouloit, la pourroit ruiner. C'est vne faute tresgrãde, que les Cõseillers ont cõmis, de reduire le Roy en telle extremité, qu'il ne puisse estre asseuré, si non par le moyen de deux ou trois, lesquels il n'y a pas long

long temps qu'ilz ont recherché par guerre, & luy ont poursuiui son thresor. Rome y apportera sa part. Car sa Saincteté, voyant que par noz violence la Religion s'anneantit par toute l'Europe, sera contrainct par son obligation de defendre sa Bergiere, & se seruir des armes qu'il a accoustumé de combattre en tel danger, deuant la ruine totale de la Religion, nous laissant hors de son Eglise, & relaschant l'obligation que voz subiectz vous doibuent, voyant que nous sommes conioinctz auec les Heretiques. Car quand vn Prince porte les armes contre la Religion, les subiectz ne sont tenu luy obeir, mais de luy resister, & ne le peuuent ayder ny par argent, ny par armes, à cause que tel commandement est remply de toute iniustice, & pecheroit griefuement se faisant ministre des persecuteurs de la Religion. S'il inuoque le secours des citez, villes, & Princes, à defendre la Religion, qu'il commande aux Prelats de l'Eglise l'execution de sa sentence, en quel danger se retrouuera vostre Majesté? Les Histoires qui sont passées en nostre France en rendent tesmoignage, la sentence plus commune des Theologiens tient, que le Roy qui fait guerre contre la Religion est excommunié, si l'ignorance ne l'excuse, les conseillers qui pour le gaing, l'honneur, ou autre respectz s'efforcent contre leur conscience de persuader telle guerre, sont de fait excommunié, & pour autant que noz armees sont pleines des Soldats heretiques, le reste vit comme s'il n'estoit Catholique, veu qu'il n'y a en l'armee ny prescheur, ny confesseur, ni Messe, ni Matine, plusieurs se retrouuent, qui sachant que la guerre est injuste, ils n'estiment estre necessaire d'vser des Sacramens qu'ilz mesprisent.

Sire, le zele que i'ay à la Religion & vostre seruice, & l'amour que ie porte à vostre Ame Royale, me fait pour conclusion iurer de tout mon coeur deuant la SS. Trinite, Diev Vn & Trine en personne, que la guerre que nous menons auec noz confederez, est vrayment contre la Religion & la ligue mesme remplie d'impieté; & encores que trions dehors la cause de la Religion, elle ne peut estre que tresiniuste, car elle fait pour les criminels contre les innocens. Tous ceux qui en sont cause ne peuuent estre sauué, s'ilz ne quittent telles entreprises, & sont tenu en restitution de tous les dommages qui s'y font. Ie l'atteste estre ainsy en parolle tresasseuree, comme je desire que Diev l'Eternelle verité m'ayde si en se fait ie trompe, ou tasche de decepuoir, que Diev de sa juste vengeance me perde en vn moment. Ie suis prest de defendre deuant vostre Majesté, & deuant tout son Royaume, ce peu que i'ay icy apporté du code tant naturel que Diuin & Ciuile: Voire je me voulois moy mesme mettre en peril pour ce faire, si je ne fusse esté empasché des Princes Catholiques, & de mes amys vray zelateurs d'l'Eglise. Cependant, Sire, je me voue & consacre à la deuotion de vostre Majesté & de toute ma chere

Patrie, pour laquelle je suis prest de donner le sang & la vie, vous suppliant treshumblement de vouloir agreer ce mien conseil, qui procede du beau mitan de mon coeur, lequel ne vous est seulement prouffitable, mais tresnecessaire pour vous deliurer de la charge tant espineuse de ceste guerre, affin que puissiez conseruer le Laurier de vostre pieté, les trophees de voz victoires, & restablir le repos à toute la Chrestienté, que ne souspire & aspire autre. Voyez, SIRE, toute la Religion Catholique prosternee à voz pieds, fondant en l'arme, à coeur tout ouuert & tout vostre; recourt à vostre Majesté comme à son Asyle & vray Pere, suppliant vostre clemence de ne vouloir rebouttter c'est aduertissement tant salutaire. Pourquoy je prie ce grand DIEV du Ciel, & de la terre qui tient vostre coeur enserré en sa main, qu'il vous en face la Grace, presentant à vostre Majesté les plus synceres voeux de ma fidelité accompagnez des plus affectionez offres de mes treshumbles Seruices.

BIBLIOTHÈQUE NATIONALE R.F. IMPRIMÉS

Patrie, pour laquelle je suis prest de donner le sang & la vie, vous suppliant treshumblement de vouloir agreer ce mien conseil, qui procede du beau mitan de mon coeur, lequel ne vous est seulement proufitable, mais tresnecessaire pour vous deliurer de la charge tant espineuse de ceste guerre, affin que puissiez conseruer le Laurier de vostre pieté, les trophees de voz victoires, & restablir le repos à toute la Chrestienté, que ne souspire & n'aspire autre. Voyez, SIRE, toute la Religion Catholique prosternee à voz pieds, fondant en l'arme, à coeur tout ouuert & tout vostre, a recours à vostre Majesté comme à son Asyle & vray Pere, suppliant vostre clemence de ne vouloir reboutter c'est aduertissement tant salutaire. Pourquoy je prie ce grand DIEV du Ciel, & de la terre qui tient vostre coeur enferré en sa main, qu'il vous en face la Grace, presentant à vostre Majesté les plus syncerés voeux de ma fidelité accompagnez des plus affectionez offres de mes tres-humbles Seruices.

www.ingramcontent.com/pod-product-compliance
Lightning Source LLC
Chambersburg PA
CBHW061629180626
46818CB00005B/2292